VENTE

DE

DESSINS

ET TABLEAUX

DE

MAITRES MODERNES

PROVENANT

DE LA COLLECTION DE M. DE X***

dont la vente aura lieu

HOTEL DES VENTES, 9, RUE DROUOT

SALLE N° 5

Le Mercredi 22 Décembre 1886, à 2 heures

COMMISSAIRE-PRISEUR

M. CAURA, 43, rue de Trévise

EXPERT

GANDOUIN, 42, rue Le Peletier

EXPOSITION PUBLIQUE

LE MARDI 21 DÉCEMBRE, DE 1 HEURE A 5 HEURES

VENTE

DE

DESSINS

ET TABLEAUX

DE

MAITRES MODERNES

PROVENANT

DE LA COLLECTION DE M. DE X***

dont la vente aura lieu

HOTEL DES VENTES, 9, RUE DROUOT

SALLE N° 5

Le Mercredi 22 Décembre 1886, à 2 heures

COMMISSAIRE-PRISEUR

M. CAURA, 43, rue de Trévise

EXPERT

GANDOUIN, 42, rue Le Pelletier

EXPOSITION PUBLIQUE

LE MARDI 21 DÉCEMBRE, DE 1 HEURE A 5 HEURES

CONDITIONS DE LA VENTE

Elle sera faite au comptant.

Les acquéreurs paieront *cinq pour cent* en sus du prix d'adjudication.

L'exposition mettant le public à même de se rendre compte des objets, aucune réclamation ne sera admise, une fois l'adjudication prononcée.

DESSINS

BERTIER

14bis Bouquetière Louis XV.

BÉRAUD

15. Promenade du matin.

BERCHERE

16. Souvenir d'Égypte.

BESNARD

17. Femme couchée.

Mlle DE BILLY

18. A Monte-Carlo.

BINET

19. La rencontre sur la plage (aquarelle)

BLANC

19bis Les premiers froids.

BOUDIN (Eugène)

20. La jetée de Trouville.

BRIELMAN

20bis Les bords de l'Arno.

BRILLOIN

21. L'indiscrète.

BRORIG

21bis Tête d'homme (huile).

BRUCK LAJOS

22. Jeune Arabe.

BROWN (Lévis)

23. Cavaliers Louis XV.

BUKOVAC

24. Divers croquis.
25. Types Monténégrins. Soldat.
26. Sortie de Madame.
27. Le départ de Bébé.
28. Types Monténégrins. Hommes et Femmes
29. Bébé et sa Maman.
30. La toilette de la mariée.
31. Aux Champs-Élysées.
32. Les femmes oiseaux.

CARAUD

33. Le billet doux.

CARPENTIER

34. Scène d'intérieur.

LE MARIÉ DES LANDELLES

CASANOVA

CHAPLIN

CLERMONT-GALLERANDE

CORDOVA

COURTOIS

COUTURIER (Léon)

DEHAUSSY

DUMARESQ (Armand)

56. Zouave allumant sa pipe.
57. Capitaine de dragon.

FANTIN-LATOUR

58. Femme vue de dos (huile).

FEBRIER

59. La femme aux pigeons.

FOURNERY

60. Bébé à la plage.
61. A Monte-Carlo.

FRAGONARD

62. Psyché. Dessin très important à l'estompe. Encadrage du dernier siècle.
(Grand Prix du Salon.)

FRITEL

63. La rosée.
63bis En sentinelle.

GALLAND

64. Mercure (sanguine).

GALICE

65. Statine.

GARDANNE

66. Deux tambours.
67. Dragon.

G. GÉLIBERT

68. Plume et poil.

GERBAULT

69. Croquis Enfant collégien.
70. Femme assise par terre lisant.
70bis Madame le clown.

GIROUX

71. La Parisienne.

GOCÉDA

72. La vie en Chine.
73. Femme chinoise.

GRANDSIRE

74. Paysage.

GLAIZE

75. Jeune Fille.
75bis Bacchante.

L. GROS

76. Hallebardier.

GRUMELUND

77. La Seine à Rouen.

H. Y.

78. Ophélie.
79. L'essayage du costume.
80. Princesse Hélène d'Orléans.
81. Dans le bois.

HARLANOFF

82. La marchande de fleurs.

HÉDOUIN

83. Le message.
83bis Pénélope.

HEULANT

84. La femme aux pigeons.

HUGUET

85. Cavalier arabe (huile).

HUYSMANS

86. Danseuses mauresques,
86bis Jongleuses mauresques.

JACQUET (Gustave)

87. Femme en costume Watteau (aquarelle).

JEANNIOT

88. Promeneuse.

KAEMMERER

89. Esquisse de l'automne (huile).
90. La jeune harpiste (relevé de couleurs).
91. Tête de jeune fille.

KARL (Robert)

92. Sur l'étang

LANOS

93. Femme aux tourterelles.

LAZERGES (Paul)

94. Fusain.

LEFORTIER

94bis Coucher de soleil (huile).

LUCAS

95. Promeneuses.

MANET

96bis Portrait de femme.

(Tableau provenant de la vente de l'artiste.)

MARS

96. Famille anglaise.

F. MASO

96bis El Jopateador, danse espagnole.

MICHELENA

97. Au Marché aux fleurs.
98. L'Amour.
99. Le goûter.

MOREAU DE TOURS

100. Pensive.

MORIZET

100bis Le petit bras de la Seine à Meudon.

MOUCHOT

101. Servante Louis XIII.

MURATON

102. Tête de jeune fille.
102bis La colombine.

OCHOA

103. Jeune femme au bord de la mer.
103bis Jeune femme près d'une cheminée.

OLIVE

104. Marine.

PASINI

105. Homme tenant une boule.
105bis Types de Turcs.
106. Femmes turques.

PIOT-NORMAND

108bis Tête de jeune fille.

PÉNICAULT

107. Concours hippique.

PILLE (Henri)

108. Noël. (Épreuve avant la lettre).

POMMEY

109 Le souvenir à l'absent.

RALLY

110 La prière.
110bis La fièvre.

RAFFAÉLI

111. Rentrée des chiffonniers.

RAYNAUD

112. Sapho.

RICHTER

113. Le Lotus.

ROGER (Lionel)

114. Diane.

ROLL

115. Étude de femme.

RONGIER

116. Femme chinoise.

SAIN

117. La Tricaballache.

SAINTIN

118. Distraite.

SOUZA PINTO

SINIBALDI

STENHEL

O. DE THOREN

URBAIN-BOURGEOIS

VOILLEMOT

VAN DEN BOS

VELAY

WASHINGTON

129. Cavalier arabe.
130. Fantasia arabe.

WECK

131. Le palais du Rama.

WILD

132. San Remo.

WINTER

133. La pêche à la ligne.

ZUBER

134. A marée basse.
135. Sous bois.

---

*Il y aura en outre une cinquantaine de dessins
non catalogués.*

Paris. — Imp. Maréchal et J. Montorier, 16 pass. des Petites-Écuries.